D1387406

# Monsieur
# Khaloun

**Du même auteur
chez le même éditeur**

*Un cochon sous les étoiles,* coll. Ma petite
vache a mal aux pattes, 2000 (épuisé)
*Alba, la femme à barbe*, coll. Ma petite vache
a mal aux pattes, 2011
*Monsieur Roboto*, coll. Ma petite vache a mal
aux pattes, 2013


**Chez d'autres éditeurs**
*Fred et Putulik, l'automne*, éditions du Soleil
de minuit, 2012
*L'orignal blanc,* éditions du Soleil de minuit,
2004
*Un loup pour l'homme,* éditions du Boréal,
1997
*L'étrange*, éditions du Boréal, 1995

Jean Lacombe a aussi illustré :

*Symphonie en scie bémol,* texte de Francis
Magnenot, éditions du Boréal, 2000
*La vallée des enfants*, texte de Henriette
Major, éditions du Boréal, 1999
*De la neige plein les poches,* texte de Francis
Magnenot, éditions du Boréal, 1999

# Monsieur Khaloun

**Texte et illustrations de
Jean Lacombe**
d'après une idée d'Annie Lapointe

**SOULIÈRES ÉDITEUR**
www.soulieresediteur.com

case postale 36563 — 598, rue Victoria
Saint-Lambert (Québec) J4P 3S8

Soulières éditeur remercie le Conseil des Arts du Canada
et la SODEC de l'aide accordée à son programme de
publication et reconnaît l'aide financière du gouvernement
du Canada par l'entremise du Fonds du livre du Canada
(FLC) pour ses activités d'édition. Soulières éditeur
bénéficie également du Programme de crédit d'impôt pour
l'édition de livres – Gestion Sodec – du gouvernement du
Québec.

Dépôt légal: 2014

**Catalogage avant publication de Bibliothèque et
Archives nationales du Québec et Bibliothèque et
Archives Canada**

Lacombe, Jean, 1962-

   Monsieur Khaloun

   (Collection Ma petite vache a mal aux pattes ; 125)

   Pour les jeunes.

   ISBN  978-2-89607-258-3

   I. Titre.  II. Collection : Collection Ma petite vache
a mal aux pattes ; 125.
PS8573.A277M662 2014   jC843'.54   C2013-942144-0
PS9573.A277M662 2014

Conception graphique de la couverture:
Annie Pencrec'h

Illustration de la couverture et illustrations intérieures :
Jean Lacombe

Logo de la collection:
Caroline Merola

À mes deux gars,
Sheldon et Shawn xx
A. L.

Les déménageurs ont pris le frigo, le piano et le lit d'eau. Ils n'ont laissé que l'écho dans notre bon vieux logement.

Plus que quelques boîtes à tasser dans la voiture et c'est le grand départ. Je jette un dernier coup d'œil sur cette rue où j'ai fait mes premiers pas de bébé.

Tous mes amis sont partis très tôt
pour le camp de jour, mais ils ont
pensé à moi quand même.

Et ils n'ont pas fait les choses à peu près, les amis. Ma parole, on dirait que je vais leur manquer. Bye bye, rue de la Visitation.

Direction la banlieue bleue. Grande
cour avec patio, garage et remise.
Ha, un chez-soi bien à soi !

Nous voici enfin arrivés. Je frotte et je refrotte mes yeux. Je n'en reviens tout simplement pas.

Je m'attendais à un petit coin tranquille. Mais ça ! C'est un petit coin
tranquille au beau milieu de la toun-
dra !

Quel choc ! Même mon dessert super-préféré ne me tente pas. Mes parents, eux, sont ravis, on dirait.

Le soleil se lève sur la plaine infinie.
Mon père s'en va travailler en sif-
flant. Moi, je reste seul.

Maman est occupée à méditer. Et moi, je reste toujours aussi seul.

C'est fou, j'aurais presque envie d'une journée à l'école.

Tiens, en voici un qui ne se décourage jamais.

Notre voisin est un maniaque des plates-bandes, un excité des arbustes et un fou de la rocaille.

— Hé, p'tit gars, ôte-toi de ma pierre d'Italie. Tu vas l'abîmer.

35

Tu parles d'un accueil ! Monsieur
Khaloun. Je le retiens, celui-là.

M. Khaloun

Quelle journée poche ! Ça y est, je suis hanté par cette pierre d'Italie. Pas moyen de regarder la télé en paix.

Je sens que la nuit ne sera pas de tout repos non plus.

*Le lendemain*
Ce matin, je suis bien décidé à ne
pas me laisser abattre.

Aux grands maux, les grands
moyens.

Un plan aussi génial, ça ne peut pas ne pas marcher. Il n'y a qu'à attendre.

47

Attendre et attendre...

Soudain, trois silhouettes se dressent à l'horizon.

ALEX

À nous quatre, on a fait les fous comme pour rattraper le temps perdu.

Des jeux, il n'y en existait pas assez. Alors, on a inventé le volley-bottine.

Quand on en a eu assez, on a joué au basket-foot. J'étais le champion.

Même que j'y suis allé un peu fort,
ce jour-là.

Monsieur Khaloun, lui, était d'avis qu'on dépassait les bornes. Sauf que, dans ses mots, ça n'était pas si poliment exprimé.

On peut dire qu'il nous a coupé notre élan, le voisin.

65

C'est à ce moment que l'un de nous a trouvé un curieux objet.

— Qu'est-ce que c'est que ce bidule ?

C'était une commande à distance.
Et cette commande à distance ac-
tionnait une porte de garage. Celle
du voisin !

On a joué un bon moment à ouvre-
ferme, ouvre-ferme, ouvre...

C'était bien plus rigolo que tout ce qu'on avait inventé. Seulement, le voisin n'était pas de notre avis.

73

SAUVE

# QUI pEuT!

Le voisin nous a poursuivis pendant plus d'un kilomètre. On a craint la crise cardiaque, mais son cœur a tenu bon.

Seulement, un camion de gravier lui
a aplati les pieds.

Et puis, il s'est cogné le nez contre
un échafaudage de peintres.

Il ne manquait plus que des pots se renversent et lui fassent une teinture multicolore. Et c'est ce qui arriva.

84

Bref, le voisin a fait un vrai Khaloun de lui, ce jour-là. Fin. Ainsi se termine ma rédaction intitulée *Mes vacances d'été.*

J'ai peut-être exagéré un brin ici et là, pensez-vous ? J'avoue que oui. Mais, entre nous, on ne fait pas de bonnes histoires sans un petit brin. Pas vrai ?

## Jean Lacombe

 Voici comment écrire une histoire avec des enfants. D'abord, se souvenir qu'on a été un enfant, que c'était le bon temps et que les étés étaient vraiment plus longs. Il y aura forcément quelque part des amis avec les cheveux longs, des taches de rousseur ou autre chose. Il y aura des popsicles bon marché et des genoux éraflés. Il y aura bien aussi un voisin désagréable ou une autre personne du genre. Se souvenir comme on aimait détester ce vieux croûton et comme on était bien plus malin que lui. Le reste devrait venir tout seul. Voilà.

## Annie Lapointe

Quand j'étais étudiante au Collège Laflèche, j'ai suivi un cours pendant lequel on devait créer un album pour enfants. Pour le sujet, je me suis souvenu des tours que mon frère, ses amis et moi jouions à un voisin. Lors de la présentation de mon histoire, les étudiants avaient trouvé mon idée drôle et originale.

Ma professeure venait de publier *Le livre de Florence* qui aborde le bégaiement. Je lui avais confié que je désirais publier un livre moi aussi. La dédicace qu'elle m'avait faite disait : *Il faut croire en nos rêves parce qu'avec du travail et de la persévérance... ils se réalisent.* Elle avait bien raison!

Plus tard, j'ai montré mon album à mon oncle Jean qui est dessinateur de métier. Il m'a assuré que cette histoire était publiable. Je lui ai donc demandé de l'illustrer. Pendant huit ans (mais pas tous les jours !) il y a travaillé et retravaillé pour arriver au produit final. Bien sûr, il a remanié mon texte pour le rendre plus professionnel et il a ajouté sa petite touche. Vous avez le résultat entre vos mains. J'en suis très fière !